K A GROUP OF PUBLICATION PRESENTS

DIL KI AAWAAZ

COMPILED BY
HUMA ANSARI

COPYRIGHT

First published in KA-Group of Publication

THANK YOU @Dr. Sagar ❤

ISBN :

Price :

Published by – KA Group of

Publication Cover Design :

Editing :

DISCLAIMER

The published write-ups are original content of the co-authors and compiler had done it's best to edit and make it plagiarism free. The characters may be fictitious or based on real events but they are not meant to hurt anyone's feeling nor portray anything against any caste or system. In case of a plagiarized write-up the co-author is solely responsible for it, Compiler and Publisher would not be responsible.

ACKNOWLEDGEMENT

It would not been possible without the kind support and help of Co-authors & KA group of publication to finalize it in limited time frame. Special thanks to my parents for raising me to believe that anything is possible & teachers who always trained me with growth mind-set .

ABOUT THE FOUNDER

Dr. Sagar Gudmewar, the founder of KA-Group of Publication, hails from Nanded, Maharashtra. He is also the founder and CEO of KA National-International multi language Community i.e 'Kaviyon Ka Adhyatma' and KA Group of Publication .He was awarded With india bestest award 2021. He was awarded the "Indian Bestiz Award 2021" "Honorary Doctorate Award 2021" and many more. Contact :- +91 8669646074

E mail : kaviyonkaaadhyatma.53@gmail.com

INDEX

COMPILER

HUMA ANSARI

CO-AUTHORS

1. MUQEET URRAHMAN
2. SUJAL SACHDEVA
3. MANNAT NAAZ
4. SADAF NAAZ
5. ASIF LATIF SIDDIQUI
6. ALTAF IQBAL
7. ARFAT SHAHBULLAH KHAN
8. SHAHVEZ ISRAR ANSARI
9. USAMA IBNE RAHI
10. VIKAS JAIN VYAKUL
11. M. D. S. RAMALAXMI
12. SAHIL HINDUSTANI
13. NEELAM AMIT SURYAWANSHI
14. SUSHI SAXENA
15. DHASHRATH RAKAWAT (SHAKTI)
16. SWATI NAKSHATRA
17. SURANJANA PANDEY
18. ER. NISHANT SAXENA
19. MR. GHULAM MOHIYUDDIN
20. BHAVNA MOHAN VIDHANI
21. MISS. ARYA ARTI BHARGAV
22. JYOTI SETHIA

23. PRANITA PRABHAT
24. USHA TIBREWALA
25. MONIKA SRIVASTAVA
26. MANSI KAKKAD
27. ANIRUDDHA BODADE
28. JYOTI VIPUL JAIN
29. SALIK ANWAR SALIK
30. JYOTIJAYEETA MOHAPATRA
31. RUCHIK PATEL
32. KALAMKAAR
33. RADHIKA SOLANKI
34. NIKHIL JAIN
35. ZAHIDA LATIF PATHAN
36. CHETAN SOLANKI
37. DURGA SINGH
38. SHAYAR BABAR
39. RAKHI JAIN
40. CHARANJEET SINGH
41. SMT.SAROJ MAHENDRA PANDEY
42. REKHA SHARMA
43. RASHMI THAKUR
44. ARCHNA GUPTA
45. AMAN KUMAR
46. GEETA GOEL

COMPILER

HUMA ANSARI

हुमा अंसारी , उत्तर प्रदेश के लखनऊ शहर से ताल्लुक रखती हैं। इनको लिखने का बेहद शौक है।

इन्होने अपने अंदाज में छह किताबें लिखी,जिनके नाम हैं - एहसास ए जिंदगी , वालिदैन, चाहत का नज़राना, दर्दे दिल की सदा, इबादत और इट्स मी ।

इन्होने कई एंथोलॉजी में भी भाग लिया है।

ये कवियों का अध्यात्म राइटिंग कम्युनिटी में को ऑडिनेटर के पद पर कार्यरत हैं। कम्युनिटी की ओर से इन्हें "बेस्ट राइटर २०२२ , ऑफ का कम्युनिटी," का अवार्ड भी मिला।

यह ऑनलाइन लेखन प्रतियोगिता एवं ओपन माइक में भाग लेती रहती हैं और बहुत बार विजेता भी बनती रहती हैं।

दिल की दुनिया

दिल की दुनिया में ना कोई हमदर्द मिले ,
बांटा दर्द जिनका ,उनसे ही दर्द मिले ।

करके मीठी मीठी बातें दिल में बसें,
दिल लूट कर फिर वीरा उसे कर गए ।

मतलब की कगार पर खड़े रिश्ते निकले ,
मतलब निकलते ही गिरा दिए गए ।

है ये जहां खूबसूरत बड़ा ,
दिल के खूबसूरत लोग पर कम रहते ।

जिसे देखो अपने आम मशगूल है ,
कोई किसी की परवाह ही ना करें ।

मायूस हो जाता है जब ये दिल ,
फिर सोचता है क्यों न हर फैसला दिमाग से ही करें।

MUQEETURRAHMAN

MuqeetUrrahman Khan
Tehseel Fatehpur Distt. Barabanki U.P

ऐ खुदा

अब औऱ ना आँसुओ को बहाया जाए
चलो उस रब के आगे हाथ बढ़ाया जाए
कहतें हैं की सुन लेता है वो दिल की बात
चलो उसी के सामने फिर गिड़गिड़ाया जाए

मेरे ख़ुदा कुछ ऐसा करम कर दे
मुझे अपने घर की ज़ियारत करा दे
मैं फिर वहां से वापस ना आऊँ
मेरी रूह को वही कब्ज़ कर ले।

ऐ मेरे खुदा तुम उनको शिफ़ा दे दे
जो तेरी बारगाह में हाथ उठाये हुए हैं
जो बे औलाद हैं उनको अता कर दे
जो बीमार हैं उनको शिफ़ा दे दे ।

SUJAL SACHDEVA

सूजल सचदेवा "आरव" 17 वर्ष के है , यह अशोक नगर दिल्ली का मूल निवासी है , ये राजकीय उच्चतम माध्यमिक बाल विद्यालय "डी. डी. ए फ्लैट्स पूर्वी लोनी रोड" से 11 कक्षा में पढ़ाई कर रहे है , ये उर्दू ग़ज़लो , हिंदी शायरी, और मोहब्बत भरी शायरियों से प्रेरित है , इनको कुछ कर दिखाने का जूनून है , यह आगे चल कर एक मशहूर जाने - माने लेखक बनना चाहते है और अपने विद्यालय एवं अपने घर वालों का नाम रोशन करना चाहते है ...

कलम से लिखना नहीं जानता इसलिए जज़्बातों का इस्तेमाल किया करता हूँ ...

पूरी बात ना सही पर अधूरी बात साफ़ साफ़ किया करता हूँ ...

लोगों का कहना है ज्यादा बातें नहीं किया करता मै उनसे अक्सर ...

जो बात दूसरों की नज़रो मे गलत हो ऐसी बातें मै बहुत कम किया करता हूँ ...

हालातों का सहारा लेकर मै अपने जज़्बात बया करता हूँ ...

दुनिया कहती है मुझसे क्या क्या कमाल किया करता हूँ ...

मेरी बुराइयाँ करते करते थक से गए है ये दुनिया वाले ...

ये लड़का क्या क्या लिखता है कहने वाले है दुनिया वाले ...

मेरी बातें समझने को दिल साफ़ चाहिए अगर ईमान साफ़ हो तो भी समझ जाओगे ...

देकर धोखा दूसरों को देते हो सलाह यहां पर मरने के बाद ए इंसानो कहाँ जन्नत मे जाओगे ...

ज्यादा नहीं मै अधूरा चाहता हूँ ...

जो साथ मे है मेरे उन्हें दिल से चाहता हूँ ...

वही चले जाते है छोड़ कर हर बार मुझे ...

जिनका साथ मै ज़िन्दगी से लेकर मौत तक चाहता हूँ ...

MANNAT NAAZ

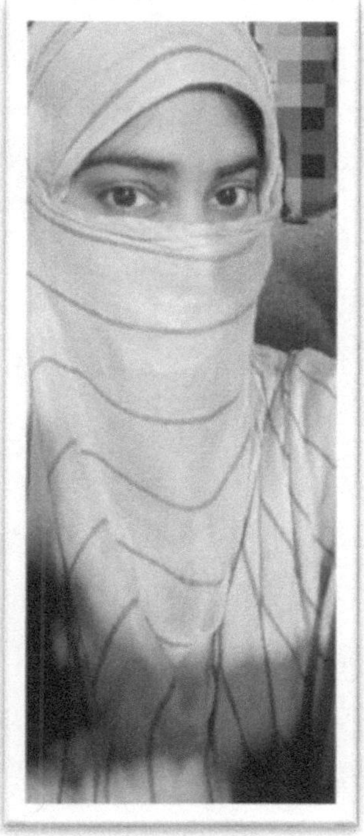

She is mannat Naaz.she has completed B.sc and qualified CTET.She wanna become a good teacher and develop schools condition and to do my duty with integrity.she love to writing.Her dream is to help needy person.she has done work as a co author in 30+ book.

जज़्बात

मैने सोचा के अब खामोश हो जाऊं
मेरी बातों का उन पर असर जब नहीं।
शायद समझे वो मेरी जज़्बात को
मेरी हालात का भी असर जब नहीं।
मैने दिल से कहा चल भुला देते है
उन्हें जब हमारी मोहब्बत की कद्र ही नहीं।
आई दिल से सदा एक उमड़ते हुए
मैं उसका हूं अब सिर्फ तुम्हारी नहीं।
सुन के दिल की धड़क को सोच में पड़ गई
मेरा जिस्म अब मेरे इख्तियार में नहीं।
काश वो भी समझ लेते दिल के जज़्बात को
मैने ये उम्मीद सिर्फ तुमसे ही लगाई।
मेरे दिल को पढ़ो समझो जज़्बात को
दिल की हर धड़कन से सिर्फ तेरी आवाज़ आई।

SADAF NAAZ

Sadaf Naaz is a graduate and hells from Bihar. She belongs to a village.

She listened first Azan on 13th August. She is a simple girl and loves simplicity. She loves Allah and wants to walk on path of truth and Faith. Post Completion of her graduation she is preparing for the BPSC Exam along with other competitive Exams. She knows Urdu,Hindi, English as well and learning German language and want to know more languages.

She has written many Poems, Quotes, Shairies and Articles too. She has done work as a co-author in 25+

books and "HAALAT-E-ZINDAGI" is her first solo book. She writes in Hindi, English and Urdu. She participates in many open mic programs as well.

इंम्तिहान ए ज़िंदगी

ज़िंदगी भी न जाने क्या-क्या इम्तिहान लेती है,
मांगू एक ख़ुशी तो ग़म हज़ार देती है।
चैन सुकून सब लुट गया तुझ से मिन्नतें करते -करते
अब ख़्वाबों में भी उसका ख़्याल बेक़रार करती हैं।
ख़ुशी में सब साथ दे कर कहते हैं हम हैं अपने,
वक्त़ भी क्या चीज है सबके चेहरे बेनक़ाब करती है।
महफिलों से उठकर तन्हाइयां पसंद की मैंने,
पर जब वह याद आती है तो दर्द बेहिसाब देती है।
हर रिश्ते में है दरार यहां कौन इसे भरना चाहे,
तू फ़ेल मैं पास के चक्कर में फिर सारी हदें पार करती हैं।
है इंम्तिहान ये ज़िंदगी हमारी जानिब ए रब जान ले, रब के
यहां सब के अ़मल,अ़दल व इंसाफ़ करती है।

ASIF LATIF SIDDIQUI

इनका नाम आसिफ लतीफ सिद्दिकी है। ये महाराष्ट्र के रायगढ़ ज़िले के रोहा तालुका के रहनेवाले है। इन्होंने बी.एस.सी कि पढाई कि हैं और एक केमिकल कंपनी में लॅब में केमिस्ट के तौर पर जॉब करते हैं। ये शादीशुदा है, इनकी पत्नी का नाम सना हैं और इन्हें दो बेटियां हैं।

कभी जो आप बेगाने रहेंगे...
हमें भी अश्क बरसाने रहेंगे...

नशे में है तेरे सारा ज़माना...
हमेशा बंद मैख़ाने रहेंगे...

चुरा लूँगा उन्हीं से उनको एक दिन...
भला वो मुझसे अनजाने रहेंगे???

मैं आशिक हूं मुझे अब तो पीला दे...
लबालब कब ये पैमाने रहेंगे...

मैं मरने की तमन्ना छोड़ दूँगा...
अगर जीने के पैमाने रहेंगे...

ज़माने को सफ़ाई कैसे दूँगा...
अगर कमरे में अनजाने रहेंगे...

निकल जाऊँ अगर दिल से तुम्हारे...
सनम के बिन सनमखाने रहेंगे...

मोहब्बत में अगर राहत मिलेगी...
तो मकतल में शिफाखाने रहेंगे...

अगर आंसू कभी 'आसिफ' के निकले...
ज़माने भर में ग़मखाने रहेंगे...

ALTAF IQBAL

मुकम्मल नाम अल्ताफ़ इक़बाल, तखल्लुस "अल्ताफ़" वालिद का नाम "इक़बाल जामकर" है. 1 अगस्त 2001 को परभणी में पैदा हुए. सानवी तालीम हासिल करने के बाद माइक्रोबायोलॉजी से ग्रेजुएशन किया. तक़रीबन चार साल से शायरी कर रहें हैं. अल्ताफ़ इक़बाल परभणी के नौजवान नस्ल में नया नाम है. जो हालिया बरसों पर रोनुमा हुआ. तबियत में रवानी है इसलिए बहोत अशआर कहते हैं. उन की शायरी इबतेदाई मरहले से गुज़र रही है फिर भी शेर अच्छा कहते हैं. शेर पर मेहनत करते हैं. फ़न के रमुज़ व औक़ाफ सीखने की पैहम कोशिश करते हैं.

अल्ताफ़ इक़बाल निहायत हस्सास तबियत और संजीदा शायरी के मज़हर हैं. इसलिए उन के अशआर बरजस्ता है और दिलों को छू जाने वाले हैं. रिवायती और जदीद दोनों ही अंदाज़ में शायरी की है. कम उमरी में ही काफ़ी मक़बुलियत हासिल कर ली है. आप को मुख्तलिफ तंज़ीमों की जानिब से इनआम व ऐज़ाज़ से नवाज़ा गया है. उनकी तखलीक़ात अक्से अदब, औरंगाबाद टाइम्स, तालीमी सफ़र, एशिया एक्सप्रेस व दीगर अदबी रसाइल व अखबारात की ज़िनत बनती है.

जो सोज़ आज कल ये हमारे जिगर में है
इक बिस्मिलान-ए-नाज़ की सूरत नज़र में है

मुतलाशी-ए-हक़ीक़त-ए-ईमां भी दोस्तों
अरसे से कायनात के लम्बे सफ़र में है

वो लुत्फ़ अब तो आरिज़-ओ-गेसु में भी नहीं
हासिल जो कैफ़ दिल को नसीमे सहर में है

शीराज़-ए-सुकून-ए-दो आलम बिखर न जाए
तूफ़ान-ए-अश्क से जो मेरी चश्म-ए-तर में है

शादाँ है दिल के है उन्हें कुछ मेरी आरज़ू
लेकिन ये मस'अला भी अगर और मगर में है

हैरां है जिसको देख के हर पैकर-ए-जुनू
वो जोश-ओ-इश्तेआल ईस आशुफ्ता सर में है

अल्ताफ़ मुझ को और किसी में नहीं यक़ीन
जितना इक उसके वाद-ए-ना मो'तबर में है

ARFAT SHAHBULLAH KHAN

इनका नाम अरफात शाह बुल्लाह खान है। "निज़ामी" इनका तख्ल्लूस है। इनकी उम्र 35 है और पेशे से ये एक बिजनस मैन है। ये महाराष्ट्र के भिवंडी नामक शहर में रहते हैं। ये बहोत ही होनहार शख्स है। लिखने के अलावा ये ड्रॉइंग बनाने का और स्नूकर खेलने का शौक रखते है। ये बहोत खुशमिजाज शख्सियत है।

वह अजनबी लगा मुझे, पहचानने के बाद...
मैं दूर हो गया हूं उसे जानने के बाद...

जिस ने जहान के लिए मुझको भुला दिया...
मुझ को मिला था सारा जहां छानने के बाद...

वह अजनबी थी एक घड़ी तक मगर अभी...
आगोश में है मेरे दुल्हन मानने के बाद...

इक जाम ने किया था जवानी को दाग दाग...
इक बूंद भी हराम हुई ठानने के बाद...

अरफात से दुबारा वफा की ना आस रख...
सय्याद क्या करेगा कमां तानने के बाद...

SHAHVEZ ISRAR ANSARI
"ZAKHMI"

इनका नाम शाहवेज़ अंसारी है। "ज़ख्मी" इनका तखल्लूस है।महाराष्ट्र के रायगढ़ ज़िले में रोहा तालुका के रहनेवाले है। ये पेशे से बिजनेस मैन है। ये लिखने के अलावा क़व्वाली सुनने का भी शौक रखते हैं। इनकी जिंदगी में ये दोस्ती को बहोत अहमियत देते हैं।

मुझे खामोश राहों में तेरा साथ चाहिए...
तन्हा है मेरा हाथ-तेरा हाथ चाहिए...

मुझको मेरे मुक़द्दर पर इतना यकीं तो है...
तुझको भी मेरे अल्फाज़ मेरी बात चाहिए...

मैं खुद अपनी शायरी को क्या अच्छा कहूँ...
मुझको तेरी तारीफ-तेरी याद चाहिए...

एहसास से मोहब्बत तेरे ही वास्ते है लेकिन...
जुनून इश्क को तेरी हर सौगात चाहिए...

तू मुझको पाने की ख्वाहिश रखती है शायद...
"ज़ख्मी" को भी जीने के लिए तेरी ही ज़ात चाहिए...

USAMA IBNE RAHI

इनका नाम उसामा इब्ने राही है। इनकी उम्र पच्चीस साल है। इन्होंने एच.एस.सी तक तालीम हासिल की है और साथ में ही इन्होंने हिफ़्ज़, आलीमियत इस्लामिक लॉ की डिग्री भी हासिल की है। इनका जन्म महाराष्ट्र के रत्नागिरी ज़िले के चिपलून तालुके में हुआ और फिलहाल वो रायगढ़ ज़िले के महाड तालुके में अपने परिवार के साथ रहते हैं। पढ़ने, लिखने के अलावा ये शायरी ग़ज़ल लिखने का शौक रखते हैं।

काश! वो आईनों का घर होता...
तो उसे पत्थरों का डर होता...

दर्द जो गुनगुनाते हम अपना...
दिल तो दिल संग पर असर होता...

खौफ से रब के ग़र निकल जाता...
क़तरए अश्क भी गोहर होता...

उम्र भर इश्क ने रुलाया है...
काश! कोई तो मोतबर होता...

रोज़ बीमार हम भी हो जाते...
कोई तुझसा जो चारागर होता...

वो जो सौ को हज़ार करता है...
काश मैं भी वही सिफर होता...

हो जो वहशत शबाब पर "राही"...

जेब का चाक ता जिगर होता...

VIKAS JAIN VYAKUL

विकास जैन "व्याकुल"

शिक्षा- M. com

लेखन शिक्षा- आदरणीय गुरु "दिनेश भोपाली" जी

लुधियाना (पंजाब)

व्यापार - कॉस्मेटिक्स मैन्युफैक्चरिंग

लेखन- ग़ज़ल ,4 liner शेर,नज़म, कविताएं एवं छन्द

मैं विकास जैन व्याकुल ,,ग़ज़ल कविता आदि का लेखन 2015 से कर रहा हूँ,,

Face book page ,Your quote, nojoto पर active हूँ, ग़ज़ल लेखन बहर में लिखना गुरुदेब दिनेश भोपाली जी से सीखा है ।

मेरी सब रचनाओं में आपको दर्द ,व्याकुलता मिलेगी ।इसी दर्द को देख कर गुरुजी ने तख़ल्लुस "व्याकुल" दिया है।ये दर्द ,तड़प ,गुस्सा ही श्रोताओं को मेरे नज़दीक लाता है।

2 liner 4 liner शायरी , ग़ज़ल लेखन में अपना भविष्य बनाना चाहता हूं।

50 से ऊपर उत्कृष्ट लेखन के सर्टिफिकेट मिले है,,

मुझे ग़ज़ल लेखन में अपना भविष्य उज्वल नज़र आता है।।

DIL KI AAWAAZ

बुझी इस राख को फिर से जलाने हम न जायेंगे,,
वो कितना याद आता है ,जताने हम न जायेंगे,,

कहानी खत्म है तो भी,यकीं फिर क्यों नही आता
ये दिल के भर रहे छाले दुखाने हम न जायेंगे,,

जो शिद्दत तुझ में गर होती तो हिद्दत भी नजर आती,,
मगर फिर भी तेरी गलती बताने हम न जायेंगे,,
(हिद्दत-तपिश)
करूं मिन्नत मैं जितनी भी फक़त मेरा नहीं होगा,,
दबी लाशों को खुदवा कर दबाने हम न जायेंगे,,

के नज़रों में अभी ठहरे वो ख्वाबों के जनाजे है,,
सुपुर्द ए खाक यादों को कराने हम न जायेंगे,,

M. D. S. RAMALAXMI

M. Phil, M. A. Hindi, PGDiploma in functional hindi and translation, diploma in computers
Fathers name N. V. K. Koteshwar rao
Mothers name N. Lalitha
Address T2akhila enclave red Cross street gandhinagar kakinada Andhra pradesh 53005

दिल

दिल ये धड़का है हमारा आज फिर
यूँ लगा तुमने पुकारा आज फिर
रात भर छलके नयन जब याद में
दर्द काग़ज़ पर उतारा आज फिर

मेरे दिल पर नाम तुम्हारा लिखा
तेरे दिल पर नाम हमारा लिखा
यकीं नहीं तो देख हथेली की रेखा
जनम जनम का साथ हमारा लिखा है

स्वप्न हर रोज दिल में सजाने लगे
याद साजन की कर बुद्बुदाने लगे
क्यों बसे आप जाकर परदेश में
फोन पर दिल की सुनाने लगे

बसर तेरी नहीं होगी, मोहब्बत के चिरागों पर
समझ ले आरजू दिल की, जमा मत घुल रगों पर
सिसकती है सदा धड़कन, लुटाकर प्यार की बस्ती

हम बंजर के फूल निराले पतझड़ में खिल जायेंगे

राते रोते अश्क हमारे गीत तुम्हारे गाएंगे
मिलने को तो मीत अक्सर स्वप्न में मिलते हैं
दिल पर अपने हाथ रखो तुम धड़कन में मिल जायेंगे

आँखों में अश्को के समंदर लिए बैठे हैं
इक तूफान सा दिल में अंदर लिए बैठे हैं
बने हबीब जो चेहरे पर मुस्काने लेकर
साथ में वो भी खंजर लिए बैठे हैं

SAHIL HINDUSTANI

His name is Sahil Bhatnagar and writes under pen name Hindustani

एक शक्ल पे गज़लें हज़ार प्यार हुआ है पहली बार
आंखें उसकी कर रही मदहोश कोई संभालो मुझको यार

उसकी आंखों में लाखों नश्तर ज़ख्मी करते बार बार
लब़ उसके बना रहे शराबी उनके लम्स को हूँ बेक़रार

पायल उसकी छन - छन करती, करती दिल तार - तार

एसे आई है वो पास कर गई दिल को ज़ार - ज़ार

गाल उसके जैसे मखमल सब्र मेरा तोड़ते हर बार
मुस्कान उसकी होश उसकी उड़ाती कैसे सहूं अब उसका वार

औरो से बातों में मशगूल कोई बता दो कहाँ चरागार
चांदनी भी अब फीकी लगती उसकी बिंदिया का ऐसा वार

NEELAM AMIT SURYAWANSHI

Nilam is a resident of Bhusawal, Maharashtra. She is a housewife and along with write loves acting, singing and dancing

माचिस की तीली की तरह ये दुनिया,
हमेशा हमारी हिम्मत को तोड़ने की कोशिश करती है।
पर भगवान् भी हिम्मत उसी को देता है,
जो लड़ने की ताक़त रखता है।
तुम हमेशा याद रखो कि ये हालात आएंगे – जाएंगे,
पर तुमको न हरा पाएंगे।

ज़रूरी नहीं पीछे बैठने वाला हार जाए।
अक्सर पीछे बैठने वाला,
आगे चलने वाले से सीखता है,
कि वो कहाँ सही है और कहाँ गलत है।
इसलिए, तो वो समझदारी से आगे बढ़ता है।
तुम कभी अपने आप को, किसी से कम न समझो
जो तुम में क़ाबिलियत है ज़रूरी नहीं वो सब में हो।
इसिलए, तो भगवान् हर वक़्त तुम्हें रास्ता बताता है।
जो हर कोई देख नहीं सकता, वो तुमको दिखलाता है।

सुशी सक्सेना

मैं सुशी सक्सेना एक लेखिका हूं।
मेरा जन्म उत्तर प्रदेश के बांदा जिले में हुआ था और अभी इंदौर में रह रही हूं।

उत्तर प्रदेश के बुंदेलखंड यूनिवर्सिटी से M. Sc. (Chemistry). Urdu BA. NTT course and computer courses. किये हैं।

मेरी लिखी शायरियां और कविताएं बहुत सी मैगजीन और न्यूज पेपर में प्रकाशित होती हैं। बहुत से साझा संकलन में

कविताएं प्रकाशित हैं और कई सम्मान पत्र भी प्राप्त हैं। मेरी तीन पुस्तकें भी प्रकाशित हो चुकी हैं।

" मैं जो भी लिखती हूं वो सोच समझ कर नहीं लिखती बल्कि खुद बा खुद लिख जाता है। मेरे दिल और दिमाग में हर वक्त जो अहसास चलते रहते हैं। मैं तो सिर्फ उन्हें पन्नों पर उतार देती हूं।

सुशी सक्सेना इंदौर मध्यप्रदेश
मेल:- kavyashri1979@gmail.com
sushisaxena1@gmail.com

Blog :- myshaitya.blogspot.com

Mob. 9407450960

अब जा के आराम मिला है।

मोहब्बत का जादू, रंगीन फिजाओं में घुला है।
अब जा के आराम मिला है।
तेरी यादों का फूल दिल की जमीं पर खिला है।
अब जा के आराम मिला है।

चाह नहीं की जीवन संगिनी बन साथ रहूं उम्र भर,
पल भर को जो तेरा साथ मिला है।
अब जा के आराम मिला है।

कोई तो नाता है, किसी जन्म का तुमसे साहिब मेरे,
तभी तो दिल को तेरा आभास मिला है।
अब जा के आराम मिला है।

ऐसे ही हरदम साथ रहो, अधूरा ख्वाब बनकर मेरे
जीवन को नया आगाज़ मिला है।
अब जा के आराम मिला है।

दशरथ रांकावत 'शक्ति'

आप दशरथ रांकावत है तथा लेखन में शक्ति उपनाम से सृजन करते हैं।

आप पेशेवर कर सलाहकार और अधिवक्ता है।

सोजत सिटी जिला पाली राजस्थान आपकी कर्मभूमि है।

विगत 10 वर्षो से लेखन में सक्रिय हैं आप यु ट्युब पर युवा साहित्य मंच नाम से एक साहित्यिक मंच चलाते हैं।

आपकी रचनाएं सामाजिक सरोकारों और क्रांतिकारी विचारों पर आधारित होती है।

अंतस की आग

जब अंतस में आग लगी मन जब भी डांवाडोल हुआ,
मैंने पीड़ा को शब्द दिये जख्मों का सच्चा मोल हुआ।
द्वंद्व उठा जब चित्त विवेक में मन से हर बार मैं छला गया ,
उठने की जितनी कोशिश की उतना ही धंसता चला गया।
जब जब भी देखा राहों में भूखों की आंखों का पानी,
सत्ता पर चीखी कलम मेरी उगली अंगार मेरी वाणी।
सड़कों पर होते आंदोलन वो भूख ग़रीबी के नारे,
वो रोजगार देने वाले अब कहां छुपे आखिर सारे।
जब जब विषाद ने घेरा है व्याकुलता बढ़ी हुआ आहत,
तब दिया दिलासा शब्दों ने हुई कलम सहाय मिली राहत।
ऐसा भी नहीं बस दर्द लिखा सौन्दर्य भी खूब उकेरा है,
था लिखा कभी रंगीन शाम तो कभी लिखा सवेरा है।
पर प्रेम भी सफल नहीं मेरा बस विरह व्यथा ही कह पाया,
हमको निश्छलता मिली नहीं ना थाह मिली ना तह पाया
कुछ ने समझा मैं कवि बड़ा कुछ ने जाना मैं शायर हूं,
मैंने बस प्रेम लिखा पन्नों पर कह न सका तो कायर हूं।
जुल्फों को अमर बेल बोला आंखों को चांद लिखा मैंने,
होंठों को सोम कलश बोला जिसको ना कभी चखा मैंने।
जितना जाना महसूस किया उतना ही दर्द लिखा मैंने।

लिखने वालों ने पुरुष लिखा अनुभव से मर्द लिखा मैंने।
है संतोष मगर इतना भावों को कभी नहीं जकड़ा,
सच कहता रहा मैं बिन सोचे सत्ता का पांव नहीं पकड़ा।
है किये सृजन हर भाव भले इतिहास मुझे बस याद रखें,
सच कहने वाला शक्ति हूं बस शक्ति ही से याद रखें।

SWATI NAKSHATRA

Swati Nakshatra - the 15th of 27 Nakshatra represents purity, or the purist first drop of rain,which enhances one's capability by sharpening their goals and ways to reach them. She was the co-editor for her school's magazine and write an article for various events of school and college.She took part and hold positions at her schooling as well as in her teaching life. The love for writing aroused in her primary school years. She starts writing Independently in her school days. Her educational background in education-psychology has given her live experiences andbroad base from which to approach many topics. Her writing skills may be confirmed independently on YourQuote.

You may learn more about her service at writing by contacting her at : liveswati@gmail.com.

वो क़लम कहाँ से लायें की आपका नाम लिखा जाए,

वो स्याही कहाँ से खोज़े की आपकी तस्वीर बनायीं जाए।

वो काग़ज़ कहाँ से ढूँढे की आपका ज़िक्र लिख़ सके,

और वो इबादत घर कहाँ ढूँढे, की, आपके लिए दुआ कर सके।

आप शब्द है मेरे, आपकी क़लम मैं हूँ,

आप खोज़ है मेरी, आपकी अन्वेषण मैं हूँ।

आप सौ बार रूठे, तो सौ बार मैं बनाऊँ,

पर ऐसा मौक़ा आप क़भी दे, बस अब यहीं दुआ कमाऊँ ।

यदि सुकून को लिख़ सके, तो मरघट लिखते है,

और यदि प्रेम को लिखे सके, तो कैलाश और बरसाने दोनों लिखते है।

यदि प्रेम और जीवन पर्यंत साथ देखना है, तो कैलाश चलते है,

और यदि सब कुछ हार कर भी, जीत देखनी हो,

तो एक मुलाक़ात बंसी वाले से करते है।

यदि आपको परिभाषित करे, तो हमारा मन लिखते है,

और यदि हम दोनों परिभाषित हो सके, तो श्री जी का नाम लिखते है ।

यदि मन पर बुद्धि का आधिपत्य संभव हो, तो वो, संगम कहलाता है,

और यदि वर्षों के सिद्ध कार्य का फल एक साथ प्राप्त हो,
तो वो प्रयागराज कहलाता है ॥

SURANJANA PANDEY

Writing many anthology, magzines and solo book and poetess and belong to west champaran bihar.

भाई दूज के दिन बहना दौड़ी चली आई
आया भाई दूज का स्नेहिल पर्व
हर बहना होती असीम उत्साहित इस दिन
हर बहना दौड़ी चली आई
भाईयो को खिलाने बजड़ी नैहर आई।
भाई बहन का ये प्यारा
सारे जहाँ से न्यारा नाता है,
हर रिश्ते से ही ज्यादा
ये दूर तक साथ निभाता है।
लड़ना उसी से झगड़ना भी
उसी से होता है बहनो का
शरारतें भी उसी से और
फरमाईशे भी उसी से होती है।
बिन उसके एक पल
अच्छा भी नहीं लगता बहनो को
बिन देखे उसे नहीं मिलता
चैन कभी तो हमे कभी है।
सच कहते है सभी भाई बहन
का ये नाता हर रिश्ते से
ज्यादा साथ निभाता है
क्योंकि जब भी पड़ी
जीवन में जरूरत भाई की
सदा ही वह साथ निभाता है।
हम सबके अटूट प्यार के
बीच है स्नेह की स्नेहमयी डोर

जो सबको सदा ही भाता है
हमारे हक की खातिर वो
औरो से भी लड़ जाता है और
सदा ही आए हर संकट बाधा
से बचाता हैऔर ना आए आंखो
में आंसू कभी बहनो के इस बात के लिए
वो कुछ भी तो कर जाता है।
भाई तू मेरा सबसे प्यारा है
मां का तू तो राज दुलारा है।
तू रहे सदा खुश ये मैं करू
कामना सदा और ये स्नेह बंधन
आशाओं की सुंदर अवलियो
पर रहे सदा प्रगाढ़ यही मेरी कामना।

ER. NISHANT SAXENA "AAHAAN"

Nishant Saxena "Aahan" is a resident of Lucknow. He is a writer and storyteller. Nishant is a voice over artist. He completed his engineering studies in electronics and after a few years of job, he completely adopted writing. He was fond of writing since childhood, he used to participate in writing competitions even in school. Nishant's articles and poems are regularly published in newspapers of the world and America. His works have also been published in several common collections. His solo book "Karwat-e-Ishq" which is a compilation of true love stories has also won the award for Nazm-e-Sahitya 2021 which is available on Amazon and also available at book stall in Lucknow. Nishant also does programs on All India Radio and other radio stations from time to time.

चांद के आईने में,

तेरा ही चेहरा दिखाई पड़ता है,

हां दाग है चांद में,

पर तू बेदाग ही दिखाई पड़ता है,

इस क़दर काईल हूं तेरे इश्क़ में,

अब हर आईने में तेरा ही अक्स दिखाई पड़ता है,

क़मर ढूंढता है अपनी गुमगश्ता चांदनी को,

मुझे तो हर जगह तू ही दिखाई पड़ता है,

आलम ये है तेरे गेसुओ में ही,

रात की सरगोशी में सुकून दिखाई पड़ता है,

माना रात बड़ी खामोश है,

पर इसमें भी तेरा ही जज़्ब दिखाई पड़ता है,

सप्तऋषि मंडल की चमक में,

तब्बसुम तेरा ही दिखाई पड़ता है,

तस्सवुर नही है तू मेरा,

अब हर तस्वीर में अक्स तेरा ही दिखाई पड़ता है,

नेक है इश्क इस रचनाकार का,

यू ही नही हर रचना में हर्फ तेरा ही दिखाई पड़ता है।

MR. GHULAM MOHIYUDDIN

ये है ग़ुलाम मोहियुद्दीन, जो कि मध्य प्रदेश के उज्जैन ज़िले के रहनेवाले हैं। ये पेशे से इन्जीनियर है जो (Glenmark Pharma) कंपनी में जॉब करते हैं जो गुजरात में स्थित है, और शोकिया तौर पर लिखते है|

लिखना , पढना, खाना और घूमने के अलावा चेस खेलने का शोक रखते हैं|

फोन- 9691825956

जो अपना तुम मुझे समझो, मुझे आवाज़ दो.
कभी मेरी ज़रूरत हो मुझे आवाज़ दो.

कभी घेरे जो मायूसी मुझे आवाज़ दो.
कभी जो ग़म सताये मुझे आवाज़ दो.

कभी आंखें ये नम हो तो मुझे आवाज़ दो.
कमी महसूस हो मेरी मुझे आवाज़ दो.

अधूरी ज़िन्दगी है मेरी इसे साज़ दो.
हमारे इश्क़ मुहब्बत को ज़रा परवाज़ दो.

जलाने का तरीका ये नहीं अच्छा ज़रा सुन लो,
यूँ मेरे सामने ग़ैरों को ना आवाज़ दो.

गलत जो राह मैं चुन लूँ मुझे आवाज़ दो,
जो तुम से दूर हो जाऊं मुझे आवाज़ दो.

फ़क़त एक वास्ते तेरे 'मुईन' अब भी अकेला है,
जो बनाना हमसफ़र हो तो मुझे आवाज़ दो.

BHAVNA MOHAN VIDHANI

अमरावती निवासी सौभाग्यवती भावना मोहन कुमार विधानी को बचपन से ही लेखन का बहुत शौक रहा है। उन्होंने अपने लेखन का सफर कक्षा सातवीं से बाल कविताओं के रूप में शुरू किया। उन्होंने अब तक काफी सारे लेख शायरी कहानियां कविताएं लिखी है, जो काफी सारी पत्र-पत्रिकाओं में प्रकाशित हो चुकी है। उन्होंने कई बार ऑनलाइन कवि सम्मेलनों में भाग लिया है। लेखन के साथ-साथ भावना जी को बागवानी कुकिंग और गायन का शौक है। भावना जी ने शादी से पहले सहायक शिक्षिका के रूप में भी कार्य किया है। भावना जी को सोशल वर्क में भी बहुत रूची है। वो अमरावती की कई सामाजिक संगठनों से जुड़ी हुई हैं। उन्होंने अपने घर

में एक छोटा सा किचन गार्डन बना कर रखा है उनका मानना है कि सबके घरों में पेड़ पौधे होने चाहिए।

दोस्त

कुछ रिश्ते हमको जन्म से मिलते हैं और कुछ रिश्ते में खुद बनाते हैं दोस्ती का रिश्ता भी एक ऐसा ही रिश्ता है जिसे हम खुद चुनते हैं। भले ही हम अपनी जिंदगी में दोस्त अपनी मनमर्जी से बनाते हैं परंतु दोस्ती का यह रिश्ता ताउम्र हमारे लिए एक अमूल्य उपहार की तरह होता है। जिस व्यक्ति को जीवन में सच्चे दोस्त मिल जाते हैं उसकी राहों में कभी कठिनाइयां आ ही नहीं सकती। सच्चे दोस्त हमेशा दोस्ती निभाते हैं फिर चाहे वह खुशी हो या गम हर लमहे में वह दोस्तों का साथ निभाते हैं। दोस्ती के रिश्ते में एक तरह का सुकून होता है हमारे जीवन में कई बातें ऐसी होती है जो हम अपने परिवार के सदस्यों के साथ साझा नहीं कर सकते और ना ही किसी रिश्तेदार को बता सकते हैं ऐसे में सिर्फ दोस्ती का रिश्ता ही एक ऐसा रिश्ता है जहां हम दिल खोलकर अपने दोस्तों को अपनी बातें बता सकते हैं अपनी मुश्किलें उनके साथ साझा कर सकते हैं और सिर्फ एक दोस्त ही है जो हमारी बातों को अच्छी तरह से समझ पाते हैं और हर मुश्किल में साथ निभाते हैं। दोस्तों के साथ जिंदगी का सफर हंसते-हंसते कट जाता है। कुछ दोस्त बचपन के होते हैं कुछ स्कूल और कॉलेज के तो कुछ दोस्त जिंदगी का सफर करते समय में मिलते हैं परंतु हमारी जिंदगी में हर एक का अपना अलग महत्व होता है। जिंदगी में अच्छे दोस्तों का होना खुदा की नेहमत है, और यदि आपकी जिंदगी में अच्छे दोस्त हैं तो उन्हें

एक अमूल्य उपहार की तरह हमेशा संभाल के रखिए क्योंकि दोस्तों के बिना जिंदगी जिंदगी नहीं लगती।

MISS. ARYA ARTI BHARGAV

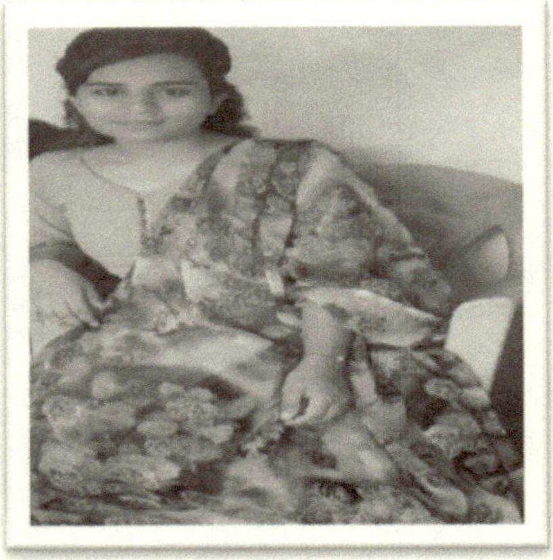

लेखिका और कवयित्री
आर्या (आरती) भार्गव..

इनका जन्म मध्यप्रदेश के जिला -विदिशा के ग्राम- बूधौर में हुआ।
दिनांक 28/10/2001. अष्टमी को जन्म हुआ गौरी माँ ने इस दिन ब्राह्मण के घर में लक्ष्मी देकर खुशियाँ भर दी थी। इनके माता पिता है। पिता का नाम श्रीमान ् उमेश भार्गव माता- श्रीमति ्अनिता भार्गव और भाई बहन हैं। यह ब्राह्मण समाज से है। इनके पिता पंडिताई करते है। इनकी पढ़ाई अठारहवीं तक गाँव के ही। शासकीय विद्यालय में हुई फिर

इन ने 11 किलोमीटर चल कर दूसरे गाँव में जाकर अपना अध्ययन पूर्ण किया 2019 बारहवीं में इन ने टाॅप किया 80.6000% बनायी थी।

इनका अध्ययन यहाँ तक बहुत संघर्ष से हुआ। गाँव में बिजली की समस्या रहती थी तो इन ने चिमनी में पढ़ाई अपनी पूरी की

इनके जीवन में बहुत संघर्ष था फिर भी इन ने हार नहीं मानी अभी भी इनका अध्ययन जारी है। उच्च शिक्षा स्नातक 2022 में कर लिया अब स्नातकोत्तर एम. ए. में अभी भी यह संघर्ष से कालेज जाती है। गंजबासोदा में कालेज है। शासकीय संजय गांधी स्मृति स्नाकोत्तर महाविद्यालय।

रचनाएँ - आर्या(आरती) लेखिका ने कईं रचनाएँ लिखी और कईं समचार पत्रों में प्रकाशित भी हुई और होती रहती है प्रथम रचना का नाम-"आरती से ही आर्या का जन्म हुआ " , "गरीबी की दुनिया", "आदित्यउदय", "बहन- भाई का प्यार', "मोरे आंगन अइयो", आदि और कईं दोहे भी हुए है।

पुस्तक- "जिंदगी एक कहानी" गुदगुदी हास्य व्यंग्य,

साझा संग्रह हुए..... आदि।

आलेख भी, लघु कथा भी, फागें भी , चौकड़िया इन्हें कईं सम्मान पत्र प्राप्त हुए - पितृ भक्ति सम्मान, योग बती

सम्मान, योगानुरागी सम्मान, योग मित्र सम्मान, देश सेवा, तकदीर, एकता, हमारे गुरु, दिल की मैं बहुत गरीब हूँ,... इत्यादि इन ने सम्मान पत्र प्राप्त किये...... ।
अप्रकाशित रचनाएं भी कईं है।

दिल की आवाज़

तू सुन मेरी एक दास्ताँ आ जाना अभी!
कहानियाँ बुनी आकर पढ़ जाना अभी!!

तू ऊहापोह से न घबराना कभी भी !
तू हिम्मत कर जज्बात जताना अभी!!

हम साथी बन हमराही आ जाना कभी!
राहों में चलते-चलते ठहर जाना अभी!!

एक दिल है एक जुबां एक ही नाम है!
वो है तेरा नाम जो तू ना जाना अभी!!

दिल की धड़कन में जो हम बसा के बैठे!
अल्फाजों से मैंने अभी अभी जाना अभी!!

ख़ुदा का ठिकाना ठिकाने से भरोसा भी!
फिर क्यों टूटें इस कदर जब जाना अभी!!

करेंगा मिन्नतें वह ही पूरी जो मेरा खुदा है!
खुदा पर खुद से ज्यादा भरोसा जाना अभी!!

टिमटिमाते सितारे एक स्वर्ग से तारा आया!
अभी टूट मेरे लिए एक तारा जाना अभी!!

ताराविश पूरी करेगा तू जा कदम बढ़ा !
जल्द रॉकस्टार बन जाना मेरे लिए अभी!!

जो मांगा भी न था वो भी दे दिया तूने!
तू रॉकस्टार बन पूरा कर सपना अभी!!

दिल की मिन्नतें तमन्नाएँ एक ही थी!
जो करिश्मा कर पूरी हो जाना अभी!!

आर्या आरती भार्गव
जिला विदिशा मध्यप्रदेश

JYOTI SETHIA

Mera name jyoti sethia hai .aur me 17 sal ki hu. Mujhe article likhne ka kafi shok hai.aur me agge chal ke ek achi writer banna chati hu

मेरी दुनिया - मेरे पापा

पापा वह इंसान है जिसके बिना हम अधूरे हैं। पापा एक नारियल की तरह होते हैं। बाहर से कठोर और अंदर से एकदम कोमल होते हैं। वह एक ऐसे इंसान हैं जो बिना कुछ कहे बिना बोले अपने परिवार के लिए बहुत कुछ कर जाते हैं। वह बहुत मेहनती है उन्हीं के खून पसीने की कमाई से उनके घर के चूल्हे जलते हैं अगर एक दिन भी काम ना करें तो उनके परिवार वाले भूखे रह जाएंगे। पिता वह इसान है जो अपने बच्चे के सपने पूरे करने के लिए अपना खून पसीना एक कर देते हैं। और ना ही में दिन देखते हैं और जा ही रात देखते हैं बस मेहनत करते हैं ताकि उनके बच्चे कुछ बन जाए और उनका नाम रोशना लेकिन आजकल के बच्चे उनके मेहनत को भूल ही गए हैं। उन्हें हर बार अपने बच्चों की बेइज्जती का सामना करना पड़ता है पिता की उंगली पकड़ के हमने चलना सीखा आज जब उन्हें हमारी जरूरत है तो हम उनका अपमान करके उन्हें घर से क्यों निकाल देते हैं। उन्होंने ऐसा क्या किया है जो वह हर बार अपने बच्चों से बेइज्जत होते हैं। अंत में इतना ही कि अपने पिता की इज्जत करो ताकि आगे चलकर आपके बच्चे भी आपकी इज्जत कर सकें।

PRANITA PRABHAT

मैं प्रणीता प्रभात मूलत: बिहार की रहने वाली हूँ और वर्तमान में अपने सामाजिक एवं साहित्यिक प्रयत्नों से फरीदाबाद (हरियाणा) की धरती को सुवासित कर रही हूँ। अरुणाभा वेलफेयर सोसायटी की गरिमामयी संस्थापिका और राष्ट्रीय अध्यक्षा होने के साथ साथ भारतीय गीत संगीत को विदेशी धरती पर प्रसारित करने का प्रयास भी कर रही हूँ 1 सरल शब्दावली में भावनाओं का गूढ़ संप्रेषण मेरी लेखनी की विशिष्टता है, जो पाठकों के मन में रच-बस सी जाती है!

भाई दूज में बहना दौड़ी दौड़ी आई

मेरी जन्नत , मेरी मन्नत , मेरी दुनिया है तू ,
भगवान से मांगी हुई , प्यारी सी दुआ है तू ,
याद है तेरा वह , धीरे से मुस्कुराना ,
तोतली बोली में अपनी , बड़ी दीदी बुलाना ,
बाहें फैलाकर , गोदी में चढ जाना ,
मीठी सी पप्पी गालों पर , चुपके से दे जाना ,
भैया दूज पर तेरा बार-बार दरवाजे तक आना ,
बहना दौड़ी - दौड़ी आई है , देख कर खिल जाना ,
हंसी - खुशी प्यार से फिर , त्यौहार मनाना ,
लाखों दुआएं ले बहना से , फिर उसको चिढ़ाना ,
तिलक , आरती , कर भैया का ,
मुंह में मिठाई खिलाना ,
ढेरों आशीष पाके बहना का ,
भाई का इठलाना ,
नहीं भूली कुछ भी मैं भाई ,
सब कुछ याद है मन में ,
पास नहीं तो क्या फर्क पड़ता ,

तू तो बसे जेहन में ,

जग में नाम कमाना भैया ,

जो चाहे सो पाना ,

पापा की तरह तुम भी भैया ,

घर की जिम्मेदारी निभाना ,

पास नहीं हूं मैं तेरे पर ,

कभी नहीं घबराना ,

जब भी जरूरत हो मेरी ,

अधिकार से बुलाना ,

दौड़ी - दौड़ी आएगी फिर बहना तेरे पास ,

हरदम तेरे पास हूं मैं , करना तुम विश्वास ,

मेरी उम्र भी तुम्हें लग जाए ,

तेरी बलाएँ मेरे सर आए ,

भैया मेरे तू जुग - जुग जीए ,

बस यही है अरमान ,

बस यही है अरमान...........

USHA TIBREWALA

कोलकाता महानगर में 10 दिसंबर को जन्मीं श्रीमती ऊषा टिबड़ेवाल को बचपन से ही शायरी, कविताएँ आदि लिखने का शौक रहा। छोटी आयु में ही इनकी शादी चेन्नई के उद्योगपति श्री रमेश कुमार टिबड़ेवाल जी के साथ हो गई और फिर तभी से वे पूर्ण रूप से चेन्नई की निवासी हो गईं। जैसा कि हर गृहिणी के साथ होता है, शादी के बाद उषा जी भी ज़िंदगी की आपाधापी और पारिवारिक ज़िम्मेदारियों में व्यस्त होकर बंध गईं थीं। लेकिन फिर भी इनका लेखन कार्य बेहद धीमी गति से चलता ही रहा।

उषा जी का ऐसा मानना है कि लेखन की कोई उम्र नहीं होती और इन्होंने इसी बात को अपने लेखन से साबित भी कर दिखाया है। सरस्वती माँ की कृपा से ये एक बार फिर अपनी

कलम से पिछले पाँच सालों से नियमित हिंदी साहित्य के नभ पर अपनी कविताओं से नई पहचान बना रही हैं।

इनकी इच्छा है कि इनकी गतिमान कलम व शब्दों की तलवार की ताकत लोगों में जागृति फैलाए, उनके जीवन में सकारात्मक बदलाव देखने को मिले और साथ ही हर मानव अपनी मानवता व संवेदनाओं से इस समाज और परिवार में सुख शांति, एकता और प्रेम की भावना बनाए रखे।

इनकी लगभग सभी कविताएँ श्रृंगार-रस पर आधारित होती हैं। इनकी कुछेक चुनिंदा सुंदर कविताऐं, अनेक संयुक्त काव्य संग्रहों जैसे काव्य धारा, दूज का चाँद आदि में भी प्रकाशित की गई हैं। कुछेक अन्य रचनाएँ प्रकाशनाधीन हैं जो जल्द ही प्रकाशित होकर आ जाएँगी। उषा जी मडिटेशन जैसे हुनर को भी सीखने का शौक रखती हैं ताकि यह समाज उनका लाभ उठा सके। चेन्नई की अनेक साहित्यिक पटलों पर उषा जी सक्रीयता से काव्य पाठ व साहित्य-संवाद में अपनी प्रतिभागिता देती रहती हैं।

अनुभूति, मानवीय मूल्यों की माला, श्री नंद साहित्य मंच, महिला काव्य मंच, काव्य क्रांति मंच, वरिष्ठ नागरिक काव्य मंच, विराट कवियत्री परिवार और अंतर्राष्ट्रीय साहित्य परिषद जैसी अनेक प्रतिष्ठित संस्थाओं के साथ जुड़कर उषा जी अपनी लेखन को और अधिक मज़बूत कर रही हैं। इनका एकल काव्य-संग्रह बहुत ही जल्द प्रकाशित होकर साहित्य के

आकाश में रोशन होगा। इन सभी उपलब्धियों के लिए उषा जी हृदयतल से साधुवाद के पात्र हैं।

संपर्क सूत्र

Usha Tibrewala

Email- ushatibs1964@gmail.com
Chennai
Mobile 9600100003

काश ज़िंदगी किताब होती

ज़िंदगी से मोहब्बत है, मोहब्बत में ही ज़िंदगी,

काश ज़िंदगी किताब होती, दुःख दर्द को रबर से मिटा खुद की खुशी सोच,

मोहब्बत ओर बेशुमार लिख देती,

आगे पिछे क्या होगा पढ पाती,

क्या पाया और क्या खोना, पढ,और समझ जाती,

जिंदगी तो खुबसूरत है ही, पर प्यार की कलम से ओर प्यार के चाहत के पन्ने भर देती,

सपने हों अगर टूटने वाले,

उन्हे बचा, और चार चाँद लगा नव सुंदर सपने सजा लेती,

किसने दर्द-ए-दिल रुलाया या दिया धोका,

उन पन्नो को फाड़ बुुरी यादे सब मिटा देती, अगर ज़िन्दगी किताब होती,

हँसाने और प्यारे साथी के नाम (जैसे तुम) पन्ने लिख दोस्ती के पन्ने जोड़ देती,

आँख मिचोली का खेल खेलने वक्त कभी आगे, कभी पीछे ले जाता, अपनो की याद दिला,

यादों में ओर तड़पाता, इच्छुक मन ज़िंदगी किताब के आगे पिछे के पन्ने पलटने की चाहत करता,
नित्य नऐ सुनहरे सपने देख, इच्छानुसार मैं कलम से लिखती,
प्यार के फुल की खुशबू महकाती,
काश ज़िंदगी किताब होती,ज़िंदगी में मोहब्बत और बेशुमार होती,
प्यार मोहब्बत की बस बारिश होती।।

MONIKA SRIVASTAVA

Monika Srivastava, currently working as Management head in DWP publications, is a student pursuing a Masters in English Literature.

She is also working as Project head on 12+ anthologies. She believes in "Growing every moment". She is a Bibliophile, Logophile and Selenophile who finds solace in pouring out her soul on paper. She writes Poetry, Short stories, Articles, Ghazals and Shayari on varied themes and has Co-authored 200+ anthologies.

A few of her articles & research papers are published by Mindshare, a club under the Youth Ministry, India. She has also edited 50+ books and reviewed

40+ books. She hosts open mic events, hosted a few shows on radio and also judged many literary events. She has been awarded the Master of Rhymes awards, Ms. Poet of the Year Award, Best Anchor award & Gyanasthali Ratn.
Monika is an amazing speaker and an Art enthusiast specialising in Mandala art and Modern Art. Her other interests are Food & Calligraphy.

Connect with her on:-
Email:- monikazzz2228@gmail.com
Instagram:- @monikasri_

सियाही

अपनी सुबह, अपनी शाम,
अपने अश्क, अपनी मुस्कान,
अपना ज़ख्म, अपना दर्द,
सब कुछ लिख देते हैं।

अपने हिस्से का कोलाहल,
अपने अल्फाज़, अपने मौन
अपने जज्बात, हर्फ दर हर्फ
खुद को लिख देते हैं हम।

एक अजीब दास्तान है अपनी,
हजारों रंग हैं मेरी जिंदगी के,
जो कुछ भी पाया है, खोया है,
सीखा है, जिया है...चलो,
आज ये भी लिख देते हैं हम।

MANSI KAKKAD

(साँझ)

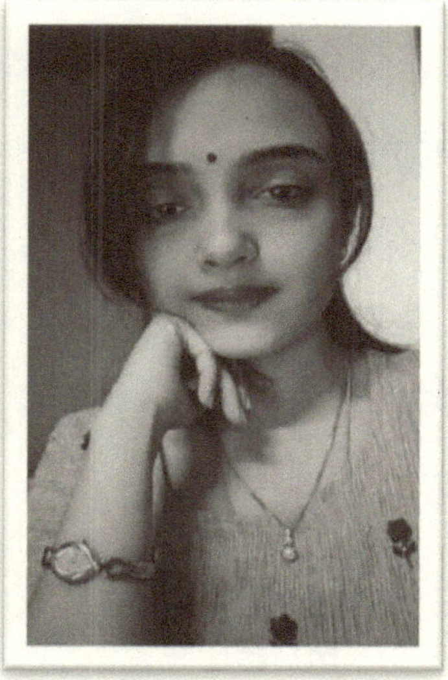

I am Mansi Kakkad from Gujarat & my pen ID is "साँझ" Insta IDs @ankahi.by.mansi & @eunoia.always. I am an IT professional with 4-years of experience. By passion I started writing & reciting in 2018 and since then I could never stop myself sharing my Unfiltered & Raw Feelings into Words.

ये ज़िंदगी है या कहानी कोई ?
ये ज़िंदगी है या कहानी कोई ?

जो तूने बताई कहानी उसे,
उसने भी तो जी है थोड़ी उसे...

जो तूने सुनाई अपनी कहानी उसे,
वो सुनायेगा अपने अंदाज़ में उसे...

जो हमने देखा है पर सुना नहीं,
वो कहानी नहीं तोह और क्या है ?

जो हमने जिया है पर पहचाना नहीं,
वो कहानी नहीं तो और क्या है ?

आज जिस कहानी के तुम हीरो हो,
कल उसी के बन जाओगे विलन...

आज जो ये तुम्हारी है कहानी,
कल कोई और होगा इसका क़िरदार...

कभी जो चाहो वो भी ना मिले,
तो कभी जो सोचा भी ना हो वो मिले...

कभी थोड़ी मेहनत भी ज़्यादा पड़ेगी,
तो कभी ख़ुद की कुर्बानी भी कम पड़ेगी...

कभी ये शक्कर सी लगेगी तो कभी नमक सी,
कभी फूल सी महकेगी तो कभी काटों सी चुभेगी...

कभी लगेगा एक ही कहानी है और लाखों क़िरदार,
कभी लगेगा ख़ुद ही कहानी हो और इसके लाखों लेखक है...

हम वही दोहरा रहे है,
जो कोई और निभा के गया...

जिन पर कल किसी और ने अपने नाम लिखे थे,
हम उन्हीं रस्तों से गुज़र रहे है...

जिन पर आज भी उन्हीं के नाम सुनाई देते है,
हम उन्हीं रस्तों को अपना कर रहे है...

अगर इतना ही लाज़मी है कहानी को दोहराना,
तो ये जीने के सालिको में उलझन कैसी ?

अगर इतना ही आसान है किसी क़िरदार को निभाना,
तोह ये इंसानियत में आफ़त कैसी ?

अब ये सवालों का ज़वाब कहां से मिलेगा ?
ये कहानी कहां अभी खतम हुई है...

एक "मन" की बात सुनो,

जिस भी कहानी का जो भी क़िरदार निभाओ,
बस अपने कल को ध्यान में रख के निभाओ!

ANIRUDDHA BODADE

नाम - अनिरुद्ध बोदड़े

मां का नाम - श्रीमती देविता दादाराव बोदडे

पिता का नाम - श्री दादाराव बोदडे

लेखक बनने का कोई खास परिचय पत्र नहीं बस नए विचार लिखने की कोशिश करते हैं।

सम्मानित किए गए कार्य भी नहीं जो परिचित हो बस इतना ही है और ललित भाव, प्रेम भाव, कुछ घटना हमेशा हमें प्रेरित करती रहीं। लेखक जो की सामान्य बाते लिखने

और स्पष्ट भाव जो भी स्थिति में सामने आए वहीं लिखते है और लिखते रहेंगे।

लेखक समूह कवियों का अध्यात्म यहीं पर ही नई शुरुआत हुई है और यहां कुछ सम्मान पत्रों से परिचय दिया है बस इतना ही है।

मैं कवियों का अध्यात्म हमेशा ही ऋणी रहूंगा जो एक नई पहचान देने के लिए।

अनिरुद्ध बोदड़े,

aniruddhabodale99@gmail.com

बड़े ध्यान मग्न थे वो, मोहब्बत उसे भी थी
बंद आंखों से वो, ढूंढती मुझे ही थी,

शब्दों में मोहब्बत दिखती उसे भी थी
खुश होकर रिश्ते निभाती, खूबसूरत भी थी,

नाराजगी और हक जताने की आदत उसे भी थी
बहकती निगाहों से आकांक्षा उसे भी थी,

सारे श्रृंगार कर जिंदगी से गुज़ारिश उसे भी थी
इश्क के जज़्बात में गुमसुम, बेफिक्र रवानी उसे भी थी।

JYOTI VIPUL JAIN

ज्योति विपुल जैन वलसाड गुजरात से,

पिता -रतनलाल जी जैन धुलिया (महाराष्ट्र)

माता -मंगलाबेन जैन

पति -विपुल भाई जैन

शिक्षा - बी .ए (अर्थशास्त्र)

लिखने पढ़ने का बहुत ही शौक है,500 से ज्यादा प्रमाणपत्र अभी तक मिल चुके हैं ,50 से ज्यादा कवि सम्मेलन में हाजिरी लगाई

है। फेसबुक पर 4 साल से लिख रही हूं। साहित्य संगम संस्थान द्वारा मेरी दो पुस्तक प्रकाशित हुई हैं। आहुति और इदन्नमम नाम की पुस्तक उपहार स्वरूप में साहित्य संगम संस्थान ने मुझे दी है। प्यार की कश्ती नामक कविता में मुझे राष्ट्रीय कविता प्रतियोगिता में प्रथम स्थान प्राप्त हुआ है। उसमें मेडल और प्रमाणपत्र भी मिला है। नशामुक्ति अभियान में मेरी कविता को गोल्डन बुक of Awards में मेरा नाम शामिल किया गया है।

ऐसे ही मां शारदे का आशीर्वाद मुझ पर बरसता रहें यही इच्छा
है।

दिल की आवाज दबाना अच्छा नहीं,
खुलकर बातें करना सेहत के लिए अच्छा है।

कभी कभी दिल की आवाज लब तक आ जाती है
पर समाज के डर से उसे दबाना ही अच्छा है।

मजाक बना देते यही समाज के चापलूसों,
किसी अपने विश्वासू मित्र को बताना ही अच्छा है।

मुंह पर मीठा मीठा बोलने वाले मित्र,
चार लोगों के बीच में हमारा ही मजाक बना देते हैं।

दिल की आवाज को दिल में रखना ही अच्छा,
किसी डायरी को अपना मित्र बनाना ही अच्छा है।

किसी कोने में जाकर दिल खोलकर रो लेना,
पर अपने राज अपने आप में दफन करना अच्छा है।

सोच समझ कर चलना ही जिंदगी है,
सच्चे और अच्छे मित्र बनाना यही अच्छा है ।

स्वरचित मौलिक अप्रकाशित मेरी रचना है।

SALIK ANWAR SALIK

Urdu ka ek chota sa khadim

याद में तेरी अश्क जारी है
आज की रात मुझ पे भारी है

तु तो लाखो में एक है लेकिन
तेरी दुल्हन भी कितनी प्यारी है

उसकी गर्दन पे ये निशान कैसा
किस के हमराह शब गुजारी है

गामजन हु में राहे ऊलफत पर
क्युकी जख्मों से मेरी यारी है

तालीबे दाद हो जो शेरो का
मेरी नजरों में वोह भीखारी है

उनको खुशिया नसीब कर मौला
जिन के होंटो पे आह व जारी है

और किया चाहिए तुझे सालिक
जान तक मैने तुझ पे वारी है

JYOTIJAYEETA MOHAPATRA

Here I am Jyoti jayeeta mohapatra from khordha, Odisha. I am the youngest daughter of Mrs Ashok Kumar Mohapatra and Mrs Jayashree Mohapatra. My parents had brought me to this world on 19th December 1997. Now am doing job as a pharmacist in my town. I like reading, writing, decoration, photography and most of all singing. I have some anthologies and only one solo book.

Am very fond of my family which is both my strength and weakness.

तुम बिन जीवन

जब सोचना ही मुश्किल है,
बताओ तो कैसे लिखा जाए?
सोचने पर भी घबरा जाती हूं,
तो तुम बिन जिंदगी कैसे जिया जाए?

अगर मैं सांस तो तुम हवा हो,
मैं चांद तो तुम रात हो,
हूं मैं आंख तो तुम एक सुंदर सा ख्वाब हो,
मैं जिस घड़ी ठहर जाना चाहती हूं,
मेरी जिंदगी में तुम वो खुशनसीब पल हो,

मैं समंदर,तुम किनारे की वो रेत हो,
जिसको हर वक्त खुद में समाना चाहती हूं,
मैं कलम,और तुम वो प्यारा सा अल्फ़ाज़ हो,
जिसे मैं बार बार लिखना चाहती हूं,

तुम बिन जीवन का कभी ख्याल ही नहीं आया,

तुमसे दूर होने के ख्वाब ने भी आंखों में आंसू है लाया,
तय कर लेती हूं जब मंजिल कोई तुम्हारे बगैर,
तो पैर को भी चुप के से पीछे हटते हुए पाया,

मैं बटोही, तुम पेड़ की वो छाया हो,
मैं पंछी तो तुम मेरे पंख हो,
मैं भीगना चाहती हूं जो बारिश में,
उस बारिश के हर बूंद में तुम हो,

पता नहीं तुम्हारे साथ इस रिश्ते को क्या नाम दूं,
हर रिश्ते कम लगते हैं, जब बात तुम्हारी आती है,
सोचती हूं तुम्हे खुदा का मुझे दिया हुआ एक प्यारा सा तोहफा समझ लूं,
जिस तोहफा को हर वक्त दिल में छुपा कर रखना चाहती हूं।

RUCHIK PATEL

PATEL RUCHIK
FROM GUJRAT
I am an automobile engineer and I have been writing from 2019.I love to write ghazals and shayris, pain is my favourite topic to write.

उसके दिए हुए आइने में हम आज भी साथ नज़र आते हैं,
लोग कहते हैं मेरी आँखों में वो आज भी नज़र आते हैं।

तकता रहता हूँ उसके घर की खिड़की को दिन - रात,
वो घर बदल चुके अब खिड़की में कहा नज़र आते हैं।

मैं अब वो फूल नहीं जो हर रोज खिलता नज़र आऊँ,
मेरे बाग के माली मेरे सिवा सबको पानी देते नज़र आते हैं।

मैं उसका वो पसंदीदा पेड़ था जिसकी छांव में वो रोज आता था,
पर आज-कल तो वो जंगलों से मोहब्बत करते नज़र आते हैं।

वो जाते-जाते मेरे आंखो का नल खुला ही छोड़ गया,
अब आंखो से आँसू के साथ मेरे जज्बात भी बहते नज़र आते हैं।

अपनी बाहें खोली भी थी मैंने जब आखिरी दफा मिले थे हम,
वो नजरे जुका कर चले गए जैसे हम उनको पराए नज़र आते हैं।

KALAMKAAR

इनका नाम कलमकार है ये उत्तराखंड के रहनेवाले है, मगर मेरठ मे रह रहे है! इनको लिखना और पढ़ना पसंद है! इन्होने सह लेखक के रूप मे 2100+ अन्थोलॉजी मे काम किया है और 1800+ प्रमाण पत्र जीते है! इन्होने लिखना शुरू 28 फेब्रुअरी 2020 से लिखना शुरू किया था!ये फल से ज्यादा कर्म मे विश्वास रखते है! ये लखनऊ, दिल्ली, हैदराबाद, पंजाब, राजस्थान, जैसलमेर, बिजनौर,वेस्ट बंगाल, भोजपुरी राज्य, देहरादून, जयपुर, पंजाब मे इनकी कविता छपी है, ये भारत की 9 मैगज़ीन, ज़िम्बाब्वे की 3 और केन्या की 1 मैगज़ीने में इनकी कविता छपी है,और ये केन्या के अखबार मे

इनका इंटरव्यू सेलिब्रिटी कार्नर मे आया है और इनकी कविता केन्या के अखबार के अन्य कॉलोम मे ये छापे हुए है!इनकी कविता केन्या की पत्रिका में छपी है और इनकी कविता अमेरिका के अखबार मे भी छपी है!केन्या के एक अखबार डिअस्पोरा मे भी इनका आर्टिकल छपा हुआ है!इनका इंटरव्यू ज़िम्बावे की पत्रिका में छपा है और ज़िम्बावे की मैगज़ीन बाम केयर आर्टिमोर में इनकी कविता प्रकाशित है!ये मेरिटरियस अवार्ड, गॉर्जियस लूईस बोर्जेज लीटरचर अवार्ड से भी सम्मानित हुए है!इनको भारत माता अभिनन्दन सम्मान,क्रांतिवीर सम्मान,आतिथ्य सम्मान, हिंदी सेवक सम्मान,साहित्य गौरव सम्मान,सहग सिपाही,पर्यावरण रक्षक सम्मान, नूतन साहित्य सम्मान, अंतर्राष्ट्रीय योग दिवस सम्मान,तिरंगा स्मृति सम्मान, राष्ट्र प्रहरी, भारत गौरव सम्मान, राष्ट्रीय पद्म गौरव सम्मान,विचार- अपनी पहचान राष्ट्रीयसम्मान, भारतीय स्वतंत्रता दिवस सम्मान,श्रेष्ठ नागरिक सम्मान, सुदामा सम्मान, राधा कृष्णन,पर्यावरण मैत्री, एकदांताय,श्रेष्ठ शिक्षक सम्मान, काशी रत्न सम्मान, सौरभ श्री सम्मान, हिंदी गौरव सम्मान, काव्य सरताज सम्मान, भगत सिंह सम्मान ,हिंदी साहित्य श्रेष्ठ कलम

सम्मान,तनुजा श्री सम्मान,मानवीय मूल सम्मान,कलमवीर ,महर्षि दधीचि जयंती पे राष्ट्रीय सम्मान से नवाज़ा गया है!

एक सपना अधूरा रह गया

सोचता था करूँगा अपना सपना पूरा मैं!
साथ नहीं मिला मुझे अपनों का इस लिए वो आगे बढ़ने से पहले रह गया!
हुआ नहीं कुछ कोशिश बहुत की मैंने पूरा करने की!
एक सपना अधूरा रह गया!
कर कुछ नहीं पाया मैं जीवन मे अपने!
पूरा सपना नहीं हो पाया ना किसी से कह गया!
कोशिश भी अधूरी रह गयी मेरी सपना पूरा करने की!
और एक सपना अधूरा रह गया!
साथ किसी ने दिया नहीं मेरा उस वक़्त जब मुझे जरुरत थी!
मैं अपनों के बीच मे बेबस सा अकेला ही रह गया!
कर ना सका कुछ भी मैं अपनों के बीच मे!
और एक सपना अधूरा रह गया!
रोया उस दिन बहुत और खलिश रही दिल मे मेरे उस दिन!
कह देते या चला जाता उस दिन मैं मगर जाने से परिस्पर्धा

मे रह गया!

मायूस रहा उस दिन मैं पूरे दिन मे!

और एक सपना अधूरा रह गया!

RADHIKA SOLANKI

नाम: राधिका सोलंकी "ताशु"

जन्म तिथि: 24 अप्रैल 1993

जन्म स्थान: संभल, उत्तर प्रदेश

शिक्षा: एम. बी. ए. मार्केटिंग, बी.एस.सी. माइक्रोबायोलॉजी,

बी.ऐड.

सम्प्रति: पदाधिकारी (नई उमंग), अनेक मंच और साहित्यिक गतिविधियों में सम्मिलित होना, कवि सम्मेलन में काव्यपाठ, पत्र पत्रिकाओं में रचनायें प्रकाशित आदि, एकल काव्य संग्रह "शंखनाद" प्रकाशित (51 रचनाएं), कई सांझा संकलन में रचनाएं प्रकाशित।

रुचियाँ: कविता एवं ग़ज़ल लेखन।

सम्मान व पुरस्कार: राइटर ऑफ था मंथ (कवियों का आध्यात्म),

श्रेष्ठ सृजन सम्मान (नई उमंग),

रश्मिरथी पटल पर फेसबुक लाइव काव्यपाठ,

अन्य कई पटलों द्वारा प्रथम, द्वितीय एवम तृतीय पुरस्कार।

पता:D404, Moti Residency, Raj Nagar Extension, Ghaziabad, 201003, Uttar Pradesh.
Mob: 9599932434
Email:solankiradhika93@gmail.com

राहें

राहें ये आसान कहां हैं...
भूल के अस्तित्व अपना,
वार देना सब कुछ नन्हीं सी जान पर।

खुद को बनाते बनाते फिर,
एक पल में भूल जाना अपना क़िरदार।
राहें ये आसान कहां हैं...

कई सालों साल की लड़ाई,
अपनी पहचान बनाने की।
फिर एक ख़बर अचानक,
मां बन जाने की।
सर्वस्व अपना झट से भूलना,
और अपनी हर चीज़ बस उसके लिए चुनना।
राहें ये आसान कहां हैं....

अपने चमकते से यौवन का,
मोह त्याग देना।

अपनी हर अज़ीज़ चीज से,
पल्लू छुड़ा लेना।
आने वाले मेहमान की खिदमत में,
एक एक दिन का जश्न मनाना।
राहें... मातृत्व की आसान कहां हैं....

NIKHIL JAIN

निखिल जैन, एक लेखक हैं, जो की धुले, महाराष्ट्र से संबंध रखते है। इन्हे अपना ज्ञान दूसरो के साथ साझा करना, यात्रा करना, नई नई खोज करना और रचनात्मकता का बेहद शौक रखते है। इन्हें लिखना पसंद है, और इनका मानना है, कि लेखन से हम अपनी आंतरिक भावनाओं का भली भांति बखान कर सकते है। ये 30 से अधिक पुस्तकों के संकलनकर्ता रह चुके है और इनके स्वयं के दो ऑनलाइन प्रकाशन "Unité Publication" और love.vibes143

भी है। इनसे जुड़ने के लिए आप संपर्क कर सकते हैं

इंस्टाग्राम : @love.vibes143

ईमेल -love.vibes143@outlook.com

सुहाना सफर

हताश ना हो, अरे! सुनो मुसाफिर,
अभी तो सारा जहाँ तेरे लिए खड़ा,
एक सफर, कई रास्ते, चल उठ अब,
निष्कंटक प्रयासों पर अग्रसर हो जा।

मंजिल का ठिकाना नहीं तो भी क्या,
रास्ते कितने हसीन हैं, देख तो जरा,
क्यों नींद में गुज़ारता है सफर सुहाना,
खोल आँखे, इस समाँ का लुत्फ़ उठा।।

ZAHIDA LATIF PATHAN

इनका नाम ज़ाहिदा लतीफ पठान है। पेशे से ये एक शिक्षक है जिन्हें पढाने के साथ साथ ग़ज़ल, कविता लिखने का शौक है। ये बहोत धार्मिक है। ये महाराष्ट्र के रायगढ़ ज़िले, तालुका रोहा के रहने वाली है।

कभी कभी यूँ भी....

कभी कभी यूँ भी होता है,

कही कोई मिल जाता है,

अजनबी होकर भी अपना सा लगता है,

साया भी उसका सायबान सा लगता है,

बरसो के फासले पल मे तय करता है,

कुछ ही लम्हों का ये सफर लगता है।

कभी कभी यूँ भी होता है,

दामन भर कर भी खुशियों से खाली लगता है,

ये खजाना तो बस दूसरो मे बट जाता है,

रहे भले ही दामन अपना खाली,

किसी का भरा आँचल देख मन मुस्काता है।

कभी कभी यूँ भी होता है,

जो दूर हो बहुत पास वो लगता है,

कुर्बत मे भी मिलों का फासला लगता है,

अंधेरा रोशन राहों मे भी लगता है,

दिल हो बेचैन तो,

जग सारा शमशान लगता है।

कभी कभी यूँ भी होता है,

अनचाही उम्मीदों के पीछे,

मन यूँ ही दौड़ने लगता है,

छोड़ कर हदें अपनी,

मन की सीमा रेखा तोड़ने लगता है।

कभी कभी यूँ भी होता है,

खुशियों के लिए आँचल कम पड़ता है,

बनती है कही तकदीर,

तो कही मुकद्दर बिघड़ता है,

ये चक्कर तो जीवन का ऐसे ही चलता है।

कभी कभी यूँ भी होता है,

इंसान जीतेजी मर जाता है,

तो कोई मर कर भी जावेदा होता है,

कभी कभी यूँ भी होता है....

CHETAN SOLANKI

Name:- Chetan Solanki Writer At:- # मेरी ✍ कलम की ताकत ✍ DOB:- 1st October 1993 Current City:- Parel Mumbai Maharastra, Hobbies:- Reading & Writing Books, Thoughts, Listening Love Old New Song, Singing, Love To Travel, Fb Account:- # मेरी कलम की ताकत Gmail:- solankichetan01193@gmail.com, Insta I'd:- chetansolanki81

मेरी कलम की ताकत

मैं कविता नहीं एहसास लिख रहा हूँ,
आज तुम्हारे लिए कुछ खास लिख रहा हूँ।

जब मैं तुमसे मिला, तुम अलग सी लगी,
हम रोज मिलने लगे, फिर दूर हो गए।
आज तुमसे मिलने की आस लिख रहा हूँ,
सच में तुम्हारे लिए कुछ खास लिख रहा हूँ॥

अजनबी से तुम पहचान बन गयी,
पहचान बढ़ते बढ़ते तुम जान बन गयी।
मेरी जान तुमको जीने की प्यास लिख रहा हूँ,
तुम्हारे लिए कुछ खास लिख रहा हूँ॥

तेरे आने जाने से मैं यूँ शायर बना,
शब्द कागज पे कैसे बैठते पता ही नहीं चला।
अपने सीने मे दबी साँस लिख रहा हूँ,
सच में आज मैं तुम्हारे लिए खास लिख रहा हूँ॥

DURGA SINGH

Very good

जिधर भी देखता हूँ शाम नजर आती है
मेरी जिंदगी की हर चाहत गुमनाम नजर आती है
तू बेवफ़ा हो कसम से ये जनता हूँ पर
तेरे चेहरे पर ही क्यूँ प्यार नजर आती है

SHAYAR BABAR

नाम शायर बाबर
पिता मो शुयेब
माता छोटी बीबी

अपका जन्म 1995 को बिहार के दरभंगा ग्राम बहुआरा बुजुर्ग मे हुआ अपको बचपन से ही सहित से बहुत लगाओ था अपको कई सारे सहित की तरफ से पर्मान पत्र मिल चुके है अपकी नजम गजल कई शहर के हिन्दी उर्दू न्यूज पेपर मे छप चुकी है अपकी गजल हिन्दी के तीन किताबो मे भी छापी है

मेरी मोहब्बत को वो आजमाने लगे
फिर मुझसे नजरे चुराने लगे
मैने कहाँ की आप बदल गये है
कई बहाने फिर वो बनाने लगे

वो मुझे कहने लगे की आप गलत है
फिर मुझे वो बातो बातो मे बहलाने लगे
मैने आपने इश्क की जब दुहाये दी उसे
बेवाफा सरमा के फिर मुस्कुराने लगे

हमने ही इश्क सिखाया था उसे
वो बेगयरत हमे ही इश्क पढाने लगे
हमने जब तोर दी बेरिया सराफात की
तब वो मेरे सामने गीर गिराने लगे

देखो जमाना क्या जमाना आगया बाबर
मेरे ही सागीरित मुझे पागल बनाने लगे

RAKHI JAIN

मेरा नाम राखी जैन है। मैं यवतमाल जिले में वणी नामक शहर में रहने वाली हूं। मैं एक रासायनिक अभियांत्रिकी की विद्यार्थी नी हूं।

मुश्किल है खामोश रहना
बेकार है कुछ कहना
टूट जाते है अश्रु के बांध
बेवजह ही इतना सहना
अब तो हमने अपना लिया सन्नाटे में रहना
सब कुछ भुला जाना और आगे बढ़ना
लोगों ने लाख चाहा गिराना
पर हमने सिख लिया इंसानों को पढ़ना
चेहरे पर एक शिकंज तक न रखना
झूठे नकाब से सदा मुस्कुराते रहना

CHARANJEET SINGH

Charanjeet Singh is a writer. He lives in Kanpur Nagar, Uttar Pradesh. He heartily welcomes you guys to his writing world...

He wants to spread love and feeling through his writing. He is in a post-graduate fourth semester right now and he started his writing to reach out to people this year...

He also had the spirit of writing since his graduation. Due to study pressure, He was not able to give time...

Now he has reached his destination and he wants you guys to keep learning by smiling...

Hope you enjoy it. Bless him with your big and generous heart…

My Pure True Love in Air in the Universe with true respect or true care or true pure time or trust pure yourself

My Pure True Love But you do not purely believe in love with pure soulmate and angel, How do you get your true love in your life with faith or pure belief, You always receive fake love in your life with true respect or true care or true pure time or trust pure yourself...

My Pure True Love is trust and pure belief only Bez loves pure faith or pure belief is possible to get your support or success in your life and future life, Believe in yourself or your loved one and be true pure friends and lovers with true respect or true care or true pure time or trust pure yourself...

If you get a true my true love with pure faith in your life,
You achieve everything in your life and pure future love in the air, Pure Trust in your true pure my love and believe with faith in future pure true love in Universe and angel with pure true respect or true care or true pure time or trust pure yourself…

SMT.SAROJ MAHENDRA PANDEY

श्रीमति सरोज महेन्द्र पाण्डेय
B.sc. M.A. B.ed.
U.D.T.
पति -श्री महेन्द्र कुमार पाण्डेय

रुचि - कविता, कहानी,निबंध लेखन,पेंटिंग एवं किताबें पढ़ना
।

पता- श्रीमति सरोज महेन्द्र पाण्डेय

ग्राम - बबलिया

तहसील- निवास

जिला- मण्डला (म.प्र.)

पिन - 481885

जग की रीति नीति यही

बोलबाला है, झूठ, असत्य का ,
सत्य मौन.. किसी को न दिखता,
झूठ,कपट सदा,सर चढकर बोले,
सत्य दिखे ,सदा क्रन्दन करता ।

रिश्तों में दिखे न,प्रेम,समर्पण ,
इक दूजे के लिये सम्मान न दिखता,
घृणा, बैर,नफ़रत के चलते,
भाई..भाई का ही ,दुश्मन दिखता।

है नीति बन गयी,राज नीति अब,
छल,कपट,स्वार्थ का खेला दिखता,
अतीत की रीति,नियम, परम्पराओं का,
अवमान,अनादर, हर ओर है दिखता।

सदियों से जग की रीति,नीति यही थी,
निश्छल,निस्वार्थ प्रेम रिश्तों में था दिखता,

पर.. मन,बुद्धि चतुर,कलयुग में सबकी,

बस स्वार्थ, प्रदर्शन,जन-जन में दिखता ।

REKHA SHARMA

मैं रेखा शर्मा, चंडीगढ़ से हूं । मैं सामाजिक अध्ययन विषय की शिक्षिका हूं । मेरी शैक्षिक योग्यता एम.ए.(राजनीतिक शास्त्र एवम् पंजाबी), बी.एड , एम.एड. पंजाब यूनिवर्सिटी चंडीगढ़ से है। मैंने अपनी नौकरी का आरंभ चंडीगढ़ से किया। मेरे लिखने का दौर कालेज के दौरान से आरंभ हुआ। समाज में घटित होने वाले कई तथ्य मुझे अन्दर तक झिंझोड़ते थे। तभी उन्हीं घटनाओं से दिमाग में पनप रहे विचारों को कलमबद्ध किया। इस काम में मेरा पूरा साथ मेरे परिवार ने दिया। मुझे मेरे माता-पिता , भाई बहन ने हमेशा लिखने के लिए प्रेरित किया। मुझे हिंदी साहित्य से लगाव है। मेरी कुछ

कविताएं आप सब के समक्ष प्रस्तुत है। मेरे द्वारा लिखी गई सह लेखिका पुस्तक " BhavManjari-The Ardor-2, Aafreen-The Aureate's Ebullience, Rosary-The Magnificent Solasta, Antarमन में कविताएं प्रकाशित हैं , एवमं कई मैगज़ीन- EWA zindagi, E- magazine हर स्त्री एक प्रेरणा, कवियों का अध्यात्म आदि में भी मेरी कविताएं प्रकाशित हैं। मैं जिन अल्फाजों को कलमबद्ध करके कविताओं का रूप देती है , वो सब कहीं ना कहीं मेरे जीवन पर आधारित है। इस online के युग में कई कविताओं के समूहों से जुड़ने का मौका मिला, online , offline events में अपनी रचनाओं की प्रस्तुति से सहभागिता दी हैं।।

अच्छो के साथ भी कभी बुरा

जरूरी नहीं कि लोग टूटी सड़क पर ही ठोकर खाते हैं।
कभी कभी साफ सड़क पर भी ठोकर लग जाया करतीं हैं।।

जरूरी नहीं कि प्रेम विवाह वाले रिश्तो में लोग ठोकर खाते हैं।
कभी कभी सर्वसम्मति से सात फेरों से बनाए रिश्तों में भी ठोकर लग जाया करतीं हैं।।

जरूरी नहीं कि बुरे कर्म करने वाले ही जिंदगी में ठोकर खाते हैं।
कभी कभी जरूरत से ज्यादा अच्छा करने वालो को भी ठोकर लग जाया करतीं हैं।।

जरूरी नहीं कि प्यार में धोखा देने वाले एक बार जिंदगी में ठोकर खाते हैं।
कभी कभी प्यार में सबसे ज्यादा समझोते और त्याग करने वालो को भी ठोकर लग जाया करतीं हैं।।

जरूरी नहीं कि जुबान से तेज़ तरार और अपने आत्मसम्मान की रक्षा करने वाले ही जिंदगी में ठोकर खाते हैं।
कभी कभी जरूरत से ज्यादा विनम्र और सब को सम्मान देते हुए झुक कर चलने वालों को भी ठोकर लग जाया करतीं हैं।

रेखा कहती हैं अहमियत खुद को ज्यादा दीजिए,
दूसरों को देंगे तो आत्मसम्मान खो देंगे।।

RASHMI THAKUR

Rashmi thakur govt. teacher damoh m.p

हाथों की लकीरों में जानें क्या लिखा है
जिंदगी में सब कुछ ही उलझा उलझा है.

मुस्कराहट से छुप जाते है दर्द कितनें ही
इन आँखों की नमी से राज सब खुला है.

सम्हलकर ही चलती हूँ कदम दर कदम
डगमगाते कदमों से काम सब बिगड़ा है.

रोशनी तो मुकद्दर में कम ही रही मेरे
मेरा वास्ता शायद अंधेरों से गहरा रहा है.

खुशी आते -आते ठिठक जाती है राह में
हमनें गमों में मुस्कराना जो सीख लिया है.

किस्मत बर्फ के गोले सी हो गयी है मेरी
पल में हासिल पल में निशां भी न रहा है.

खुशी चंद लम्हों को ठहरती है जिंदगी में
हर मोड़ पर ही खुशियों ने रंग बदला है.

पल में मिल जाती है सुकूँ की राहते मुझे
अगले ही पल तूफ़ां कोई दिल मे उठा है.

खिलखिला कर हँसता है मिलता है सबसे
वही शख्स भीड़ में अक्सर ही अकेला है.

ARCHNA GUPTA

नज़र भर जो कोई देखे हमको कभी....
तो हम ही गुनहगार बन जाते हैं...
वो तारीफ़ करें जब औरों की...
तो ब्रॉडमाइंड कहलाते हैं...

खिलखिला दिए जो कभी महफ़िल में हम..
तो शर्म हया बेच खाते हैं...
वो घंटों चौराहे पर खड़े...
अपने दोस्तों संग कहकहे लगाते है....

सर से हमारा पल्लू सरक जाए जो जरा कभी....
हम खानदान की इज़्ज़त दांव पर लगाते हैं....
वो सरेराह ठिठोली में भी अक्सर....
मां बहन की गाली दे जातें हैं...

इज्जत हो या संस्कार,परंपरा या व्यवहार...
सब हमारे ही हिस्से में आते हैं....
और वो बेफिक्री से बिना किसी रोक टोक के...
शान से अपनी जिंदगी बिताते हैं....

AMAN KUMAR

इनका नाम अमन कुमार है, यह बिहार राज्य के पटना जिला के रहने वाले है| इनका जन्म 7/7/1998 को हुआ था| ये बचपन से ही प्रतिभाशाली है, ये कई हुनर में रुचि रखते, जैसे- लेखनी (हिन्दी, अंग्रेजी),कविता, गाने, कहानी लिखना, चित्रकारी करना आदि|ये सिविल इंजीनियरिंग है| इन्होंने अब तक 40+ किताबों में सह लेखक रुप में उपस्थित हैं|

तेरा यूँ रूठना

तेरा यूँ रूठना,

जैसे रंग का बेरंग होना|

शालीनता में तेरा रूठना,

जैसे पानी में आग का होना|

नयन मयूर से तेरा तिखी देखना,

जैसे मीठे जीवन में मिर्ची होना|

तेरा यूँ मोम बनना,

जैसे रोते बच्चे का हंसना|

GEETA GOEL

लेखिका का नाम गीता गोयल है, ये काफी मुखर हैं, और लेखन में अपनी अधिक रुचि रखती है। ये अपनी रचनाऐं your quote और Instagram पर लिखती रहती हैं। ये anthology में सह लेखिका बन हिस्सा लेती रहती है।
Insta id- geetawrites___

देखा जो ख्वाब मानों हकीकत बन गया
बंद पलकों में दीदार उनका हो गया
खामोशी की चादर थी तानी जुबां ने
चुपके से निगाहों से निगाहों का
टकराना सरेआम हो गया
कभी पलकें गिरेबान से झाँकती
कभी शर्म से झुकती, फिर
मन ही मन बातों का ताना बाना
बुनना शुरू हो गया
पहले मैं कुछ कहूं,ना पहले वो ही बोलें
इसी में वक्त निकल गया
कुछ समझ में ना आऐ
पलकें उठाऐ या ना उठाऐ
दोनों ही सूरत में, भोर का होना तय हो गया

THANK YOU FOR READING

www.ingramcontent.com/pod-product-compliance
Lightning Source LLC
LaVergne TN
LVHW100549051026
849519LV00003B/891
9789394873537